KB265501

아침에 만난 별

이여근 시집

도서출판 도훈

하늘, 저 높은 곳을 바라보오니

하나님!
태곳적부터 말씀 계신 성경길 언약 따라
저의 그릇에 이미 부어주신
하나님!
사랑이 계신 것을 이제라도 깊이 깨달아
감사한 마음 올려 드립니다

하나님!
무엇을 더 주소서 기도하기보다는
주께서 언제나 저와 함께 하시기 바라심을
제 스스로 뿌리치지 아니 하길 간구하며
주님께서
세상 모든 문제의 해결자이신
그리스도 되심을 제 영혼에 뿌리내려
주신 복음 감사하며 살아가자 하옵니다

하나님!
그것만이 제가 저의 십자가를 지고 가는
제 삶의 끝 날까지 목적이 되게 하옵시고
예전부터 버리지 못하고 지니고 있는 것들
실상은 그게 다 도금된 거짓인 것을
이제 저로 뼈저리게 알게 하셨사오니
뉘우침 속 기쁨이 머물러 있습니다

하나님!
이 시간 소원 하나 더 올리옵기는
세상 어둠 밝힌 화사한 빛에
저로 더 이상 속아 사는 자 되지 않도록
제 연약한 심령을 붙들어 주시옵기를
우리 주 예수 그리스도 이름으로
지성스럽고 절실한 마음으로
기도드리옵나이다 아멘!

목차

1부

간증 1

바람에도 길이 있듯

언제쯤이면 보이지 않는 내 속

기생하고 있는 흑암권세

온전히 자취를 감출까

깨인 마음 있어 주신 말씀 따라

해찰 않고 믿음길 걷고 있다 생각하지만

밟히고 밟혀도 의식 없이 고개 드는

도망가지 않는 육신의 욕망들

이제는 더 이상 두고 볼 수가 없다

빛과 어둠이 어찌 어울릴 수 있으랴

꾸역꾸역 고개 드는 내 체질 과감히

말씀으로 하나씩 뿌리를 뽑아내자

나를 긍휼히 여기시어 찾아드신 주님

진심으로 기뻐 맞이하는 내가 되려면

내 십자가 내가 지고 복음길 찾아든

주님 기뻐하시는 자 되어 있어야 하리라

고난 주간에

내 인생 고난의 어느 고비에선가 발을 헛디뎠을 때
분명 구원의 손길이 은혜로 임하신 것 느꼈으면서도
광야의 메마름 같이 입술로만 믿는 믿음으로
아직도 체질이 앞서가는 세상 삶을 살고 있는 나
오, 주님! 이런 나를 위해 가시관 쓰시고 어쩌자고
그 고통스러운 십자가 처형을 감당하셨습니까

이제라도 열한 제자 같은 믿음이 죽순처럼 자라나
사울이 바울 되듯 기쁨으로 주님 멀리하지 않고서
피멍 든 고난 길 주님 다시 오셔 걷지 않도록
나로, 십자가 부끄럽잖은 구원만을 생각게 하옵시고
내 의를 내려놓고 내게 주신 소명을 찾아
복종케 하소서 순종하며 살아가게 하옵소서

오실 듯 오실 듯한 날에

깨어 있어야겠습니다
어수선한 요즘 세상사에
저 하늘
별과 달이 숨지 않은 밝은 밤이라 해도
등불 심지 더욱 돋우고
오실 분 맞이할 채비해야 될 것 같습니다

홀연히
나팔 소리 들려올 때 허둥지둥 뛰쳐나가
기별 없이 이리 오시면 어찌 합니까
가슴 친들
방주는 이미 문을 닫았을 것입니다

가실 때 언약 따라
어느 날 슬그머니 오신다 하셨으니
행여
영혼마저 육신 따라 깊은 잠에 빠져

맞이할 시간 놓친 통한의 눈물

결코 흘려서는 아니 되겠습니다

나그네의 벗

가깝다 생각한 벗이기에

그가 잊는 그의 버릇

되풀이 실수 않도록

권면해 주는 것이고

그런 친구 말이라면

고맙게 받아들이는 것이

진정한 친구의 도리라

선인들은 말씀하셨으나

경험에 의하면

잘못을 지적당한

친구 잃게 되고 말 것이

나는 상대의 장점은 안 보고

남의 단점만 살피는

못된 친구라

오히려 구설수에

오르게 되는 경우도 있어

지금껏 내 마음에 닿은 이

손가락 셈하여 보니

세 가락 네 가락 꼽아가기

어찌 이리 더딘 것인지

그래도 친구 같은 예수님

맨 처음 계시니

내 인생

실패는 하지 않았습니다

꿈

오늘도 나는 꿈을 꾸었습니다

부모 자식 간은 물론이요

형제자매 간 우리 모두

네 아픔이 내 아픔이고

내 기쁨이 네 기쁨으로

스승과 제자도 그 맘으로 살아가고

부부간도 그 맘으로 살아가고

친구와도 그 맘으로 살아가고

이웃과도 그 맘으로 살아가고

그러다 보면

온 땅끝까지 그 맘으로 하나 되는

지극한 하나님 사랑 아래

십자가 품고 말씀 따라 사노라면

결코 희망만이 아닌 완성을 이룰

바로, 천국에서 주님 만나 함께 사는

그런 꿈을 꾸었습니다

깊어가는 밤에

언약의 주님!

육신의 욕망을 초월하여

거듭나지 못한 나의 믿음이라면

내 몸에 둥지를 튼 아픔 중

독하지 않은 녀석 하나만 남겨놓고

내 몸에서 사라지게 하옵소서

모두 다 떠나가 버린다면

건강하게 되어 여유로워진 나

주님 모르던 예전의 나로 다시 돌아가

세상 즐거움 찾아 눈을 번뜩이며

육신의 안락 찾아

주님 멀리하지 않을까 두려워서입니다

그리된다면

주님 은혜 까맣게 잊은 나

나도 나를 믿지 못하오니

하나 남은 그 아픔 열매 되어

나로 주를 찾아 찬송하며

복음을 추수하게 하시어

하나님 나를 부르실 때까지

나만의 간증인 사도행전 29장을

진솔히 써내려가게 하시옵소서

부활의 은혜

다시 못 볼 이별인들
그리 섫진 않으실걸
고아로 살아갈
자녀 두고 떠나시는
부모된 마음
안타까움 계셨기에

그날
태양조차 빛을 잃고
통곡했던 저 하늘

하오나

하나님!
주님 다시 사심으로
언약 이뤄주셨고

피 토할 비명 삼키시며

감당하신 그 고통이

주를 믿는 나에겐

죄 사함을 주셨으니

은혜와 감사가

넘치고도 넘칩니다

잠 못 들던 어느 날

잠 못 들어 뒤척이던 어느 밤
살며시 일어나 머리맡 등불 켜
하나님 말씀 책 펼쳐들며
긴 여행을 떠났습니다
그 길엔
하늘과 땅이 한 울타리 이루고
열매 없는 무화과가 바싹 마르는
수치스런 부끄러움
안타까운 속앓이
애절한 사랑 이야기 깃들어 있었고

"…세상으로 아버지께서 나를
보내신 것을 믿게 하옵소서"(요 17:1-25)
간절히도 거저 주는 사랑 앞에서
먹먹해지는 내 가슴은
등을 보여도 외면치 아니하시고
어둠의 길에 횃불이 되어주마

약속하신 분이 계셨습니다

이 밤에 나는 이 여행의 도정에서

나는 사랑하는 이와

이미 연을 맺고 있었음을

저리는 마음으로 고백합니다

절대로 절대로 두 번 못을 박을 수는 없나니

이 시간

지나온 내 발자취 되돌아보면서

동녘 밝음 속 감사기도 드립니다

이 혼돈의 세상에

주님!
한겨울 개울물 깊은 잠에 들지 아니하고
물가 온갖 초목에 생명수 흘려보내 주시듯

주님!
세상 유혹에 잠긴 내 마음의 빗장도 벗겨주시어
따스한 봄 같은 양지로 나서게 하옵소서

주님!
뜻도 없이 몸이 먼저 율동하는 세상 노래 넘치오니
지친 영혼 꽃밭에 거닐 듯 주님 찬송하게 하옵시고

주님!
육신의 안위만을 생각하는 세상 흐름에
슬퍼서가 아니라 두려워서 그러하오니

주님!

사슬에 묶인 이 무거움 홀가분히 내려놓고

동터오는 새벽빛 어서 보길 원하옵고

주님!

나 이 어둠에 갇히어 눈 감기지 않게

새 생명이 움트는 데 귀히 쓰임 받아 살아가다

주님!

천사들 나팔 소리 앞세워 주님 다시 오실 적에

등불을 준비한 신부처럼 주 맞이하게 하옵소서

찬란한 아침

자명종 울리기 전 저만치 달아난 잠 물리고
일찍 자리에서 일어난 우리 내외

자동차 전조등이 어둠을 가르며
함께 달려가는 새벽별 앞세워
고적한 공원가에 차를 세우고
졸고 있는 가로등 빛 내려앉은
골목길 한 블록을 조심스레 걸어
주의 말씀 준비 중인
불 밝힌 동네 교회 들어선다

이 땅에 초막 셋을 지어 함께 살자던(마 17:4)
육신의 뜻이 머문 욕망을 털어내고
주님의 마음은
영원한 우리의 구원에 있음을 찬송하며

채워도 만족지 못할 내 욕심 내려놓고

호시탐탐 우리의 빈 구석 찾아

눈 번득이는 세력에 바늘 끝 틈도 보이지 말자

담금질하는 마음에 더욱 머리가 숙여지니

어제를 내려놓고 오늘을 시작하는

주님을 찬양하는 이 기쁜 새 아침

듣고 새기며 실행하는

주를 사모하는 모든 자녀

누군가를 위해 기도할 때

하나님의 응답하심

믿음의 자녀 통해 듣는 간증은

신비가 아니요

오직 하나님 시간표 따른 계획에 의해

예수님을 그리스도로 영접한 자녀 위한

은혜의 하나님 마음임을 듣는다

그 오랜 옛날 어린양의 피를 우슬초로

좌우 문설주에 바른

하나님의 백성들 구원을 받았듯

이 시대에도 주께서

십자가에 흘리신 보혈의 피

영혼에 바른 믿음의 자녀들에게서는

덧씌운 검은 구름 벗어나게 하신다는

언약 믿음을 마음에 굳게 새긴다

땡볕에 한 줄기 소나기 내리듯

부활의 주님 이 땅에 오시어

영원히 함께 살자 하시는

주님의 그 깊고 포근한 사랑은

짐을 버리고 풍랑을 넘어선 바울처럼

삶에 있어 과한 마음 버리는 것이

복음을 누리며 살 수 있다는

주의 말씀 따라 실행하며 살아가련다

다메섹 가는 길

하나님을 대적하는
사악한 어둠의 출현으로
하나님의 생기 받아 태어난 우리가
죄 있는 자 되어

율법을 대하자
도저히 의롭다 할 사람은 없이
지켜가지 못하는 죄 지음에
가식적 살아가는 숨겨진 죄책감

예수님을 십자가에 매달고
스데반 집사를 돌로 쳐 죽인
누구에게 속은지도 모르는 어리석음에
스스로 살인자가 되게 하고야 마는
흑암의 속임수

주님의 빛에 놀란 눈 멀음이

쓰임 받은 아나니아의 기도를 받고서야

벗겨져 내린 사울의 덧씌워져 있던 망막에

그제서야 자신의 영적 무지를

통절히 회개하며

엘리트 배경을

배설물로 여긴 회복의 길 따라

사울이 주께 순종하는 바울로 쓰임 받은

은혜의 다메섹 가는 길은

나도 더욱 주의 말씀 품고 걷자는

주의 뜻에 따른 감사의 복음 길

밤비

복음 안에 사는 줄 알았더니
때론
복음 밖 서성이는 나를 보시고

나를 지으신 이

이 밤 다 지새도록

젖으신 마음
쉬이
거두어들이지 못하시나 보다

바라는 마음

하루가 다르게 발전하는 과학의 진보 속에
하나님 믿지 않는 무신론자 늘어만 가고
급변하는 요즘 시대상에 행여 인공지능이
인격까지 흉내 내지 않을까 외줄 타는 마음에

주님을 그리스도로 믿는 우리 크리스천들
어둠 속 골목길 걷듯 발등에 복음의 불 밝히고
한 걸음 두 걸음 이 시대 살펴 걸어야 할 것은

흑암은 파멸인 줄 눈치채지 못하게 기회 노리니
말씀 안에 쉼없이 감사와 긍휼을 구하면서
하늘나라 백성 구원인 예수님 사랑 소명 받아
나의 주 증거하는 삶 되어 살아가길 소원하네

언제 어디서나

나의 일상
항상 주님이 주신 복음에
기초를 두고 순종하며
지혜롭게 살아가렵니다

굴곡진 성정으로
어떻게
바른 진리의 길을 찾아 걷는
삶을 살아갈 수 있겠습니까

죄는 끊임없이
나를 멸망케 하여도
나 스스로 그 죄를
없이 할 수 없는 것

구원 받지 못한다는 것은
거저 주시는 하나님 은혜

참으로 받을 줄 모르는
어리석은 일이기에

아집에 나를 가두지 않고
낮은 데로 오신 주님을 섬기며
말씀 따라
올바르고 곧게 살아가렵니다

결과를 아는 인생

포근하다 더웁고 시원도 했다가

더 좀 추웠던 내 지난 세월에

저도 모르게 성령님 보내 주시어

저를 양지로 인도해 주신 하나님!

주님 영접 후 제 인생의 어찌 됨을

알게 해 주신 은혜에 감사가 넘칩니다

제가 앞으로

어떤 모습으로 살아가야 할지

또 그 후 어디로 가게 될 것인지

주님, 제게 알려 주셨으니

답을 알고 문제 풀어가는 시험지

이제 거울 보듯 명확하기만 합니다

영육 간에 기쁜 소식 절대 놓치지 않고

일러 주신 대로 거역하지 않고 따르며

계명 지켜가는 순종의 믿음으로 가면

저는 답을 알고 있기에

평안한 마음으로 제 인생의 끝을

맞이할 수 있으리라 확신합니다

이제 어둠을 물리칠 수 있는 것은

오직 빛뿐이요

그 빛이 바로 하나님 말씀되시며

주님 스스로 제물 되셔 저를 살리셨으니

깨우칠 때까지 저와 함께 해 주신

주님이 우리 모두에게 그리스도 되심을

언제고 증거하는 저의 끝됨 되게 하소서

개울가에 심긴 나무

거꾸로 흐르는 물 어느 곳 있나
어둠은 별의별 일 궁금케 해도
진리를 외면 않고 순리에 살면
주의 빛 그 망상을 없애 주시네

멸망의 어둔 세력 덮쳐 왔을 때
하나님 원망하는 사람 있어도
하나님 찾는 이들 기도 들으셔
주께서 마련해둔 피난처 있네

감당치 못할 일들 엄습해 오면
그 어둠 피할 곳은 복음뿐이라
겁 먹고 당황하여 놀라지 않고
주님께 매달리는 기도를 하네

복음에 심긴 나무 마르지 않네

2부

아내

내 생애 귀한 선물

"늙은이와 사니
그것 차_암, 피곤하네"

갈수록 잠이 일찍 깨어
서성이는 나를 쫓아
일곱 살 아래 아내가
걷기에 따라나서자
고즈넉한 공원에
수선스레 피어오르는 들꽃 무리

"아무래도 여자들은
연하의 남자와 결혼해야
생체가 균형을 이룰 것 같아
그치, 여보?"

딱히 이렇다 한 일 없이
어느새 노을진 언덕을

오르고 있는 나를 따르면서
어제 밤새 내린 어둠을
재잘재잘 걷어내며
새벽을 여는 아내

아!
하나님이 주신
내 생애 귀한 선물
맨얼굴 눈가에 주름진
저 이야기 이야기

채우지 못한 끝 구절

늪에서 빠져나온 걸음에
기약 없이 두 어깨에 짊어진 맷돌까지
오늘도 내려놓지 못하고

남자 아닌 남편 앞이어서
여인의 가다듬다 생략한 채
힘줄 고랑진 손 배 위에 포개 얹고
소파에 기대어 TV 눈길 주더니

날 믿고 따르라던 남편 패잔병 되자
생활 최전선에서 대신 싸워주며
그래도 첫마음 숙명으로 품고서

내려앉는 눈꺼풀 거역치 못하고
내 주께서 주신 안식의 시간으로
다 맡기고 잠겨가는 저 모습
마주앉아 바라보고 있자니

어느 꿈길 걷다 누구를 만나는지
손 한번 휘_이 내젓다 고개 떨구는
아!
아직 끝나지 않은 아내의 하루

지금 내가 해 줄 수 있는 것은
TV 소리 낮추어 주는

고작,

그것뿐인 000

소원 한 편

스스로도 돕지 못한
철딱서니 대신해
매일 팔 소매 걷어 올리고

때로는
맨 뒷자리 기다림도 마다 않는
베품을 품고

복중에 생명 잉태되자
지독한 몸살감기에도
결코 약 먹기를 삼가며

내 가족 위한 일에
인내치 못할 일 뭐 있겠으며
너 나 셈하는 순서를 왜 찾으랴

자신 다 내주어도

못 할 게 없다는 답을 지니고
주어진 일에 순종하는

분명
하늘이 내게 주신
분에 넘치는 귀한 선물

어둠이여
내 아내 곁엔 머물지도
지나지도 마소서

빨래

아내가 서둘러 출근한 뒤에
모아 놓은 옷가지 분류해 세탁기에 넣고서
개수통 속 수북한 그릇을 씻는다

내 할 일 있다는 것이 얼마나 감사한 일인가

육신 한켠에 일찍 찾아든 가뭄에
어쩔 수 없이 하늘만 가슴 젖어 바라보게 된 뒤
가끔씩 우윳빛 안개 저 너머에서
왁자지껄한 친구들 목소리 환청으로 들려올 때

진작에 일 끝낸 아내가 일터 소등을 하고서
내가 데리러 올 때만을 학의 목이 되어
기다리게 했던 일들이 진눈깨비로 내리면
나는 또 나에게 말을 건다
하나님이 맺어주신 사람 귀히 생각했어야잖아!

그럴 때면 나는

복음송을 들으며

훌쩍, 훌쩍, 하염없이 빨아지고 있다

속마음

오래전 우연찮게 아내의 메모 수첩을 보게 되었다

_사랑하는 딸 아들 주신 하나님! 감사 감사합니다

낳기만 했지 일이 바빠 제대로 돌봐주지 못했는데도
잘 자라주었고

제 몫들을 찾아 살아가는 모습이 참 감사합니다

남편 건강이 안 좋지만 그래도 언제나 내 곁에 있어
주어

든든하고 힘이 되며 의지가 됩니다

주님! 복음의 가족으로 우리 살아가는 것을 지켜봐 주
세요

전, 세상에 태어나 뭐 하나 잘 하는 게 없다고 생각하
며 살아왔습니다

그러나 저에게도 손재주를 주시어서 오랜 시간

일거리를 주셨음에 감사를 드립니다

주님 나라 갈 때까지 건강한 영육으로 살다가 밤에 잠
자는 시간

주님 곁으로 가고 싶습니다_

내가 집을 비운 시간 주님께 드리는 기도를
두서없이 써놓은 어느 날 아내의 마음이었으리라

둘 다 잠이 달아난 새벽녘
실개천 흐르는 소리로 도란거리다 이런저런 옛일이
꼬투리 되어
어둠 속에서 지적당하기만 하는 나였는데…

문득
어느 해던가,
친구들 부부 동반 위스콘신주로 낚시를 가서 무더기
로 쏟아질 것 같은 미리내 아래
우리 부부만 이른 새벽 손깍지 끼고 호숫가를 거닐었
던 일이
웬일로 이 시간 아득한 그리움으로 내 속마음 두근거
려온다

회심

아내의 왼쪽 어깨에
낙엽 한 잎 시름으로 앉았다

깊은 밤
통증을 없애주는 약을 복용하고서도
뒤척이던 내가 팔을 건드렸는지
끄_응
어둠 속 빛을 찾는 가냘픈 신음소리

1·4 후퇴 후 낯선 촌 읍에서 어느 여름날
아침 일찍 장터로 나갔다가 땅거미와 함께
얼마 팔지 못하고 다시 이고 온 쭈그렁 참외와
그래도 어린 살붙이들 보자 보름달 웃음 짓던
오늘, 내 딸보다 더 어렸던 서른 초반 울 엄마
어쩌자고 이 밤에 기억나는 것일까

아내 아픔 잉태될 때 난 무얼 하고 있었는지

마음 한켠

지난 시간 한 조각 할퀴고 지나자

창밖은 저리도 밝건만

후드득_ 어디선가 비 내리는 소리

갈비 애상곡

이젠 생긴 대로 살겠다는
고무줄로 틀어맨 바랜 염색 머리 사이로

서리서리 이야기 담긴 흰 머리카락들

내게서도 갈비 하나 꺼내신 내 몸처럼
하나님이 맺어주신 모란꽃 같았던 아내

어찌 함께한 오십 년 세월 탓이겠는가

내 가진 모든 것 아낌없이 줄 수 있는 사람
나를 만나 눈가도 저리 주름진 것 같아

눈길 돌린 창밖 하늘

가슴속 밀고 들어오는 짙은 구름 한 자락
도저히 밀쳐낼 수 없어

나는 그냥 품고 말았습니다

아프지 말고 잘 지내다 와

"국은 끓여 놓았고 무슨 반찬 해 놓을까?"

가방을 꾸렸다 풀었다 휘파람 부는 아내
일주일에 하루 두 시간여 참여하는 단체 모임에서 계
획한
따뜻한 남부 지방 여행에 아내도 함께 가기로 하였습
니다

친한 회원끼리 낯선 곳 둘러볼 설렘에
하루하루 왜 저리 즐겁지 않겠습니까

결혼하여 알콩달콩 투덜투덜 한 가정 이루고
딸 아들 낳아 북적이다 아이들 제 갈 길 가고 나니
다시 둘로 돌아왔다가
마침내 오늘처럼 홀로 된 시간 되어서야
내 몸에서 갈비 하나 빠져나간 허전함 느끼며

언젠가를 위해 이별 연습하는 거야

애써 나를 다독이는 텅 빈집 쓸쓸한 시간

내가 지금 아내를 위해 할 수 있는 것은

길 떠나도 될 만큼 아내 건강 주신 주님께 감사하며

하나님이 지으신 이 아름다운 땅 즐겁게 둘러보며

한, 6개월쯤 즐거운 마음으로 되새김질할

길손 되어 길섶에서 거둔 이야기 잘 간수하고

아프지 말고 잘 지내다 와!

내 사람과 함께 하시는 주님을 찾는 밤입니다

내 아내의 남편은

그는
가을밤 풀벌레 합창 따라 나무 끝 가지에 열리는
휘영_청 보름달 같은 속내를 지니고 있으면서도
겉은 초승달처럼 한 움큼 비어 보이는 것이

함께 산 지 오십 년을 바라보면서도
땡볕도 장대비도 함께 맞이한 아내에게
그늘이 되어주고 _내 우산 속으로 들어와_
행동하고 말해 본 적이 본디 단 한 번도 없고

오랜세월 쉼없이 일하고 있던 그의 아내가
깊은 밤 어깨에 혼자 물파스를 바르고 있을 때
말없이 뺏어 발라주면서도

날 남편이라고 만나 사느라 힘들지 말하면
지은 죄 공소시효 며칠 남겨두고 자수해서
괜히 앞날이 묶이는 줄 아는 범법자 된 것처럼

야물지 못한 강단으로 시간만 야금거리다

육신에 찾아든 이른 가뭄에 아내를 앞세우고
되돌릴 수 없는 시간에 허물어지기 쉬운 사람
언어 구사 능력 상실하고 살게 된 것은 아닌지

"남편들아! 아내 사랑하기를
그리스도께서 교회를 사랑하시고_"(엡 5:25-28)
맺어주신 이 뵐 낯이 없게 된 내 아내의 남편이

숨죽이는 밤

내 사람

그간 우리 부부 실어나르다

아프기 시작하는

십 년 넘은 _HYUNDAI_SUV

"여보야!

우리 다음에는 _KIA_ 사자"

주신 재능 살려

오늘도 성실히 가정경제 일구고

멋도 부릴 줄 아는 내 아내이건만

눈높이로 사는

사랑스런 사람 맺어주신 하나님께

깊은 감사드리는 이 아침

아내가 아프다

저녁밥 먹고 나서 TV 앞에 앉은 나에게
식탁 의자를 끌어다 내 앞에 돌아앉은 아내가
주먹 쥔 내 손으로 자기 어깻죽지 골 따라
주욱_주욱_ 문질러 달란다

수선화 닮은 스물에 새벽별 품고 날 만났다가
살다 보니 내 모자란 구석 채워줘야 하겠기에
삶의 덤불 경제 전선 뛰어들어 이리 되었고
결국엔 백발 갸웃이 스러진 별빛 꿈 되었건만

점점 내 팔에 힘이 빠져나가자
아직 멀었어?
하마터면 말할 뻔한
세상에,
칠십 넘어 아직도 여물지 못한 이 인간아_

고전 7:3 전반부

어느 날 아내가 웃을 때엔
추수 끝난 노적가리 보는 듯했었건만
어느 날 아내 눈이 젖어 있을 때엔
가뭄 진 들판 보는 농부 된 심정에

꿈속 어느 길 모퉁이를 돌다 그랬는지
아내가 잠결에 내 팔 붙잡았을 때
나는 아내의 소리 없는 이야기 속
지난 내 발자국 소리를 듣는다

아내는 성실히 제자리 지키며 살았으나
나는 결코 제 몫 다 하지 못한 회한 있으나

풀잎에 생명 주는 이슬처럼 고요히 찾아들어
변함없이 길동무 되어 살아가는

이 세상 잠시 들러 방황하며 사는 내게

아내로 만나게 해 주신 하나님 은혜 계심에

참으로 몸둘 바 모르겠건만

더없이 이젠 주님 계신 저 높은 한 곳만

함께 바라보고 살자 함에

나는 그것만은 절대 잊지 않고 살으리

헌 겨울 솜 같은 아내의 사랑 가슴에 품는다

3부

일상

석양

불이 났다

저녁 무렵

매지구름 몰려와

대성통곡하더니

울음 그친 서쪽 하늘

주황빛으로 타오르고 있다

칼에 베인

지난 세월 한 자락

빗금치고 지나자

저리 뜨거운 참회

다스리는 마음

십여 년간 매일 아침 걷기 운동하고 있는 동네 공원에

[경고] 사인 있어도 개를 풀어놓는 사람들로 인해

흠칫, 흠칫, 걸음 멈추게 되니

이제는 집에서 먼 곳이라 하더라도

미운 마음 품지 않아도 될 곳 찾아가기로 하였습니다

골목길

언제부터인지 내 몸 안에 벌레 한 마리 이사 나가면
또 한 마리 찾아들어 새 문패를 달곤 한다

내 이럴 줄 알았다 운동은 뒷전 비타민만 먹어대고
젊음만 믿고서 복음 없이 방종하던 그 무지로 인해
이제서야 황혼 따라 찾아든 어둠이 회한으로 젖는다

친가 외가 다 수소문해 보아도 어쩌다 치매 이외엔
앓다가 본향으로 돌아가신 조상 한 분 계시잖는데
불현듯 고국에서 살던 때 걷던 어느 골목이든
그 길은 항상 막혀 있었던 것처럼 때아닌 생각 들고
나는 요즈음 우리교회 성도님들 중보기도에
주님이 역사하시고 계심 경이롭게 감지하면서
또다시 문득 어느 골목길은 한길로 돌아 나게끔
끝 막음 없이 열려 있었던 것을 기억해 낸다

몇 시간 후면 대설 폭풍이 시카고에 몰아칠 것이라는데

긴장한 듯 창백한 달빛이 창문 밖 서성거리는 시각

나는 담담히 책상 앞에 앉아 묵상에 잠겨본다

나의 있고 없음이 나 지으신 이의 뜻인 것이고

나의 오고 감이 다 아버지 하나님의 계획인 것을

나는 그저 주님 영접해 복되게 살고 있음에 감사하며

어떤 주어진 길이든 은혜로 받아 순종하며 묵묵히 걸어가련다

봄이 오는 길목에서

왜 이리 가슴이 울렁거리는 것일까요

내 마음 가져 갔던 사람
쪽지 한 장 남기지 않고서
홀연히 자취를 감추어 버린 듯

주저앉은 마음에
스며드는 안개 소리없이 번져나고

어젯밤 꿈결
서쪽 하늘로 달려가던 유성은
누구의 별이었을까요

부스러기 켜켜이 눈 속에 파묻혀
발목 잡힌 육신의 이야기 한 줌
복음 안에 치유 받으리라 답을 찾아가려니

흘려보내라

겨울바람 내 곁을 지나며 속삭입니다

그래요

머잖아 따스한 빛 내려오면은

추운 기억들 한 닢 한 닢 흘러가고 없겠지요

돈 잃어버린 날

몇 번씩 주머니를 뒤집어 보고
주변을 샅샅이 훑어보아도
거기 흘려 있는 건 추스를 마음뿐
어디론가 떠나 돌아오지 않는 돈

아득히 나 어릴 적
피난처에서 상경한 지 얼마 되지 않은 날
한겨울 밤 늦게 귀가하신 아버지
찢기어진 상의 안주머니 황급히 살피시다
창백해지던 안색이
잿빛 기억으로 되살아나고

_그래 내가 오늘 잃어버린 몇 푼 되지 않는 돈
절실히 필요한 누군가 있어 그에게 간 거야
아무래도 내 부주의를
은혜로이 사용하신 손길이 계신 거야_

이 밤에

둥근 달 휘영청 저리도 밝은 것도

다 그만한 까닭이 있어서 아니겠는가

인천의 어느 11살 소녀에게

아가야

네게 무슨 큰 죄가 있었기에

네 친아비에게 감금당해

굶고 갈비뼈가 부러지는 등

모진 학대를 당했니

고국 뉴스 TV에서 보다가

가슴 메이는 네 슬픔을 만났구나

아가야

정말 미안하다

너와는 일면식도 없다만

내가 너의 할애비라도 되는 양

네가 절벽에 서 있는 것을 보는 것 같아

떨리는 마음 진정키 어렵구나

아가야

용케도 네가 어둠에서 탈출하여

빛의 손길 만나

병원에서 치료도 받고

몸이 많이 회복되었다니

"하나님! 감사합니다"

물에 가득 잠긴 마음에

감사한 물꼬가 터지더구나

아가야

이제 마음씨 고운 위탁가정 만나

그 아픔 다 잊고

주님의 보호와 인도 속에

네 재능 살려

이 땅의 사람들에게 도움이 되는

재목으로 성장하길 기도하마

네가 그린 그 작은 그림 속

굴뚝에서 피어오르는 두 꽃송이는
연기가 아니라 향기를 맡으라는 것이라며
네 아비와 함께 너를 매질한
네 아비의 동거녀와 그 친구도
용서하겠다는 나보다도 더 어른스러운
네가 바로 하늘에서 내려온 천사였구나

잘 있거라 아가야
같은 하늘 아래 사는 인간으로서
분노가 치밀고 안타까웠지만
이제 그만
떨리는 마음 진정하련다

주님!
아 아기를 도와주소서
앞으로 주님의 은혜 속에 이 아이가
향기 나는 어른으로 곱게 피어나길

우리들의 주 예수 그리스도 이름으로

새해 벽두 기도를 올리옵나이다

아침에 만난 별

아내에게 볼일 계신
동포 할머니 한 분이
내 집 판자 울타리를 등지고
책을 읽고 계신다

조금 늦겠다는
미안해하는 아내 마음 전하러
서둘러 층계를 내려가다
그 모습 보게 된 나

요즘 애들 말로 '심쿵'한다

남녀노소 스마트폰만
들여다보는 이 시대에
노부인의
책 읽는 모습이라니

"무슨 책 읽고 계세요?"
봄빛 머금은 물음에
"간증 시집이에요…"
분홍 꽃잎 같은 미소는

책장에서
책 한 권 뽑아 펼치자
갈피에서 툭, 떨어지는
색이 바래도록 품고 있던 이야기
이제야 듣는 마음

인공 빛에 가려
별빛 볼 수 없는 도시에서
그윽한 별 하나
이른 아침 햇살 아래 만나 뵙는다

6월의 기도

주님!

수십 년 전 삼천리 금수강산에 동족상잔의 비극이

선혈로 얼룩진 통한의 6월이 다시 돌아왔습니다

지금도 허리가 끊긴 반도 북쪽의 수많은 동포들

몇몇 부류를 제하곤 한평생 헐벗고 굶주리며

권력욕의 총구 앞에 육신의 압박은 물론이요

영혼까지 사슬에 묶여 밖의 세상과 단절된 채

흑암의 조종 아래 로봇처럼 살아가고 있습니다

주님!

주님께선 결코 우리 북쪽 동포들 잊지 않으셨으련만

저희에게 어떤 메시지를 주시고 계신 것은 아닌지요

반면에 자유세계 삶을 누리는 수많은 남쪽 우리 겨레들

하늘을 우러러 하나님 경외하는 마음 잃지 말고

혼란한 이 시대 은혜에 미치지 못하는 일 삼가며

내 동포 외면하는 이기심 깊은 잠에 빠지지 않도록

이 시간도 복음 안에 우리 모두 깨어있기를 소원합니다

주님!

우리 배달민족의 나라 이남과 이북이 속히 통일되어

주께 쓰임 받는 하나님의 백성으로 거듭나게 하옵시고

그 누구든 풍파를 만나지 않고 살 수 없는 인생사이지만

주님의 백성들 욕심 없고 두려움 없이 살기를 소원하며

불평하는 심사 품지를 말고 주께서 주신 희생의 사랑

놓치고 사는 부족한 삶 되지 않도록 각성케 하옵소서

주님!

또한 육신의 삶에서도 서로 갈등의 원인이 되지 않고

피차 배려하는 믿음의 교제로 화평한 나눔을 행하며

복음의 열매를 맺어가는 주 사모하는 형제자매 되어

사후 천국 지옥 어디로 갈 것인지 오늘의 행실에서

결정되는 주신 말씀 잊지 않고 살아가게 하옵시고

귀 기울여 주가 주신 음성 간절히도 듣게 하옵시고

하나님이 주신 쓰임 대로 사는 우리 되게 하시어서

온전히 하나님의 소유되어 주의 말씀 거역치 않으며

죄 다시 범치 않고 감사하는 민족으로 살아가게 하옵

소서

올리우신 그대로 다시 오시겠다 약속하신 우리들의

주 예수 그리스도 이름으로 기도드리옵나이다 아멘!

보시기에 참 좋았더라 그 후

길섶에 핀 꽃 한 송이

다가오는 인기척에

향기 품은 숨 멈추고 몸을 떱니다

이웃 동무 하나

지나던 길손에게

무참히 목 꺾인 후 생긴 버릇입니다

새벽기도 가는 길에

"꼬끼오~"

아!

얼마 만에 들어 보는 날 밝는 소리인가

동네 교회 울타리 돌아든 도시의 골목 안

어두워 가늠키 어려운 어느 집 뜰에선가

숨어서도 참지 못한 저 새벽을 부르는 소리

눈꺼풀 내려앉은 가로등 불빛 아래

조심스레 걷던 발자국 소리 더 낮추어

그리운 이 오시는 기척에 설레는 귀 기울임

아! 세상 법 좀 느슨히 풀어줘

해롭잖고 사랑스런 우리들 평생 이웃

도시 마당에서도 저리 살게 해 주었으면

소나기 달려와 마당 지나 초가지붕 넘어가자

콧속으로 스며들던 고향 냄새 맡았다 추억되는

아! '베드로'도 들은 저 어둠 쫓는 새 소리

이 아름다운 땅에

이른 봄 아침
넘쳐나는 쓰레기더미 딛고 선 마른 나뭇가지에
살색 변해 바스러질 듯 홀로 매달려

일생 동안
우주 질서에 한 점 거슬림 없이 순종하였고
지금도 부르심만을 기다리는 중이라며
까치밥도 아니면서
무슨 까닭 있기에 나만 이리 남았는지
이 아름다운 땅에 사는 그대는 혹시 아시는지요?

꼭지 끝 잎새 한 잎 내게 묻고 있었습니다

그 물음에
그보다 더 바랜 낯빛으로
그를 마주 볼 수 없어 고개 돌려 눈길 닿은 곳

잿빛 하늘은 구름만 품고 있었습니다

고국 방문

가을걷이 도움 손길 도시로들 떠나자

홍시 붉게 순절한 골짜기 따라

강원도 삼척시 환선굴 암석 틈새

솟아난 물줄기 내를 이루며

산새 소리 하루 여는 친구네 뒷마당

어린 자매 잠들기 전 소곤거리듯

물살 돌팍 스쳐 돌아나며

도란~ 도란~ 아득한 옛 창조 이야기

초목이 병풍 친 산기슭 타고

산마루로 오르는 거기

고요히 높은 하늘 선한 바람 감사하며

가을빛 물든 감 잎새 한 잎

다정스레 쓰다듬어 책갈피에 재우다

이제 그만

봇짐을 내리고픈 디아스포라 나그네

(Diaspora: 자의든 타의든 해외에 나가 사는 동포들)

나는 공범이다

내가 매일 사용하고 있는 이 시대 간편한 생활용품이

땅에 묻히었다 몇백 년 후 그 모습 그대로 캐내어지면

그 시대 귀히 다루어지는 골동품 되어 보호 받게 될까요

현존하는 75억 인간들이 사용하는 일상의 물건들이

삽질하면 여기저기 바닷가 모래알처럼 쏟아져 나오고

모습이 바뀐 물고기와 함께 온갖 쓰레기 만선을 이룬

다면

이 순간에도 일회용기 만드는 생산자만 주모자이지

남들 다 사용하는데 나만 외면할 수 있는지 되묻고 있

는 나

1900년대와 2000년대에 걸쳐 살고 있는 내가

그 시대 생활 환경 속에서는 그럴 수밖에 없었노라

한탄하고 있을 후손들에게 항변하면 정상 참작이 될

는지요

땅을 다스리라는 하나님 말씀을 매일 땅따먹기로 쌈
질이고

보존해 물려야 할 후손의 터전을 황무지로 만든 죄가
깊어

억겁의 시간을 무저갱에 갇혀 지내게 될 것만 같은 이
자괴감

이미 땅에 뿌리내린 생명들이 호흡곤란 증세를 보이
고 있건만

오늘도 수상한 걸 만들어 먹이고 근수 늘리기에만 신
경 쓸 때

온 세계가 경천동지할 것 같아 조심스레 자중하며 살
렵니다

풀꽃 연정

금빛 햇살 한 자락
나무 끝 가지 잠시 앉아
서편 하늘 바라보던 도시의 골목 안

바람에 실려 온
이름 모를 풀씨 한 톨

동무 꽃 하나 없이
키 낮은 사철나무 울타리 아래
생명을 피우고

밤하늘 흐르는 구름 사이
달빛이 길을 내자
행여 그이를 기다렸나
민낯의 수줍음

풀꽃은 무리지어 핀다 건만

어쩌다 홀로된 저 외로움

나 거기 이슬되어 풀잎에 앉네

밤에 그린 풍경화

새탁소 운영하는 내 친구 부부
그의 아내 하루종일 바늘 끝만 바라보다

가로등 불빛 받아 서둘러 귀가하여
식은 국 데워 놓고 온 식구 둘러앉아

우리 가족 모두가 주님의 은혜 속
오늘도 살게 하심 감사기도 드릴 때

아내의 바늘 찔린 가냘픈 손
실눈 뜨고 바라보던 복음 없던 나의 친구

"하나님! 제 아내 아픔 없게 해주세요"
무심결 찾아든 기도하는 제 모습에

저 깊은 맘 속에서 요동치는 물결 높아
아내 기도 끝났어도 고개 들지 못했다네

봄맞이

2월 뒤쫓는 바람

햇살 숨은 대지를

할퀴며

하늘로 오르자

마른 나뭇가지

겨우내 참은

시린

울음을 푼다

초목도

망울진 잎새 산고는

저리도

아픈가 보다

가슴에 품고 사는 곳

온 마을에 아이들 부르는 소리

바람에 실리어 산기슭 오르면

어느 사이 땅거미 산자락에 내려앉고

아이들 웃음소리 깃에 품은 산새들

둥지에 찾아들어 자리를 펼 적에

불 밝힌 초가 누덕누덕해진 문풍지 틈 사이로

도란도란 새어나는 냇물 같은 흐름소리

그 누가 찾아드나 저 멀리 멍멍이 짖어대고

뒷마당 한 알 남은 홍시 나뭇가지에

첫사랑 닮은 달이 휘영청 열려서

빛살 한 바구니 하얗게 쏟아내던 산골 마을

잠 못 드는 밤 디아스포라 나그네 가슴속

깊숙이 숨어서 서성이는 옛 그림자

4부

가족

엄마

무얼 그리 잊고 싶은 게 많으셨던지
80고개 넘으시자
지나온 일 다 내려놓고 사시다가
서편 하늘 노을 질 때
하나님 품 찾아
훌훌 떠나가신 어머니를
어머니날 되어
아스름 옛길에서 만나 뵙니다

어린 나
곡절을 알 수 없던 피난 시절
바람 지나자 뽀_얀 먼지 날리는
그새 눈에 익힌 타향의 신작로를
허리춤에 책보 둘러매고
언니가 신던 검정 고무신 헐거워
발가락 힘주며 걷는 땡볕 아래
우물물이라도 들이킬 집으로 가는

길가 오두막 구멍가게 좌판 위

쇠파리 웅성거리는 빵 봉지

박제된 기억 속에

일제 때 정신대 끌려가지 않으려

아이들 벌써

포도송이처럼 매달려 있는

그때 서른 갓 넘은

오늘, 내 딸보다 더 어렸던 울 엄마

엄마……!

엄마는 왜 제게

언제나 눈물이시기만 하십니까

장모님

여든이 넘으신 나의 장모님

노인 아파트에 친구분들 계시지만

끼니를 자주 건너뛰게 되고

챙겨드실 약은 왜 그리 많은지

그 또한 때 놓치기 일쑤여서

2층에 살림집 있고

아랫층에 일터가 있는 달랑 두 내외뿐인

우리 집에 간단한 보따리를 풀어 놓으셨다

때 되면 밥상 차려 드리고

약도 챙겨드리며 딸내미 들락거리니

말년에 이런 호강 없으시단다

어길 수 없는 약속 있던 날

우리 내외 나갔다 서둘러 오니

거실 전기장판 깔아놓은 이불 속에

두 발을 넣고서 쇼파에 기대 있던 장모님

눈시울이 젖어 있길래

"우셨어요?" 깜짝 놀라 물으니

잠이 올 무렵이면 늘_ 그러시단다

자식들 맘 상하지 않게 하시려는 깊은 속내에

기_인 시간 홀로여서 보이게 된 저 외로움

이젠 오랜 시간 나다니는 걸 삼가야겠다

인생이란 어차피 어느 땐 홀로일 수 밖에 없어

이별 연습 참으로 필요한 것일 수 있겠으나

그래도 주님 영접하신 분이니

이 얼마나 은혜스런 일인지 감사한 마음뿐이다

우리 가정 부활의 기쁨

부활절 맞아

학창 시절 신앙 생활하던 교회에서
아기의 세례를 받기 위해
강남에서 제비가 봄 물고 오듯
아들 식구가 L.A에서 날아왔다

생각난다

어려서부터 친할머니 따라 남매가 교회 다닐 때
저 어린 내 아이들 남을 배려하는 사랑만 배워
영악해져 가는 이 시대
어찌 살아가려는지 애비 마음 한구석
걱정스러움 떠나지 않았건만

이즈음엔

나는 왜 내 아이들처럼
일찍 예수님을 알려 하지 않았는지
후회가 가슴을 치는데

그 시절

내 남매에게
교회 다니지 마라
말하지 않은 것이 얼마나 큰 은혜였는지

하나님!

나의 아이들과 후손들 모두
아버지가 주신
이 아름다운 땅을 보호하고
주님이 우리의 구원자 되심을 증거하며
주님의 뜻 좇아 살아가기를

늦게나마 깨닫게 해 주시어

감사가 넘치옵나이다

잊을 수 없는 밤

피난 봇짐 내린 낯선 고을
포탄 파편에 베인 구름의 살점이
방 안 듬성듬성 놓인 양재기에 떨어지며
어린 마음 두렵고 아리게 저미던 밤

양쪽 방을 비추기 위한 듯
벽 위에 구멍 내고 가운데 걸어둔
침침한 전구알도 숨을 죽이고 있던 밤

"언니, 해는 언제 떠?"
새우등 되어 곁에 누운
네 살 위 형에게 속삭이자
"……때 되면 뜨겠지……. 어서 자."
열 살 형이 어른처럼 말하던

다시 만나서는 안 될 밤

우리 집 여인들

선악과 사건 후

남자가 여자보다
힘든 일 많이 하며 살게 되어 있어도
우리 집 여인들은
남자인 나보다 이것저것 더 많이 땀 흘리며 삽니다

어머니란 이름에
자신을 식구 중 맨 뒤에 두고 사셨고

남편 빈 구석 채우고자 생활 전선으로
부닥친 인생사 묵묵히 감내하며 살아온 아내와

어느 가문으로 찾아들게 될지
넘어지면 다칠세라 키운 딸
우리 천장 아래 조심스레 커가고

며늘아이 또한

일하랴 아이 키우랴 가사 하랴

내가 아는 여인들은 참아내고 도전하며

오늘도 쉼없이 살아가고 있습니다

내 안에 사는 사랑하는 이들이여

내 진정 원하기는

누구든 속앓이하며 가슴 멍울져

살지 않기만을 소원하며

이 시간 나를 돌아봅니다

공중에 나는 새

얼마 전
시카고에서 열두 시간 거리에 사는 친지 찾아
성능 좋고 큰 차 한 대 빌려
동서 내외 함께 다녀왔다

그 댁은 무너진 것 다시 세우려고
딸아이 혼자 커가고
밤 열 시 넘어 맥이 풀어져 귀가한 부부
늦은 식사하며 눈꺼풀 내려앉는 삶을 본다

사정을 알며 방문한 두 여인
도착한 날 그 밤에 장을 보아
김치를 담가주고 이틀 밤 지새운 뒤

_하나님!
인생은 왜 성경 속 새처럼
살아갈 수 없는 것인지요_ (눅 12:22-24)

집으로 가는 동안

모두들 속이 젖어 말들이 없었다

첫돌을 맞이한 손자를 만나러 가며

"호흡이 있는 자마다 여호와를 찬양할지어다 할렐루야"(시 150:6)

나의 있고 없음에 다 섭리하시는 만유의 주 하나님 아버지!

찬송과 영광을 아버지께 돌리옵고 우리 부부 핏줄로 보내주신 아기

무탈하게 자라나 1년 맞이함을 감사드리옵나이다

하나님!

이 시간 온 마음 다 해 소원하옵기는

우리 아기 성장해 갈 때 영육 간에 복음으로 강건히 단련하여서

하루가 다르게 변화하는 과학이 미심쩍은 이 시대의 흐름에

주님 보시기에 합당한 복음의 인물로 심지 곧게 자라나

주가 주신 이 아름다운 땅과 그 흙으로 빚은 사람의 후
손들에게

유익한 인물로 자라나도록 우리 아기 무한한 은혜 내
려 주시옵시고

살며 이런저런 고난이 오더라도 은혜로 받아 더욱 믿
음을 단련하여

육신의 욕망 따라 어둠과 영합하는 일이 없도록 매사
조심케 하시어

경건한 척하면서 경외심을 버리는 자 되지 않게 하옵
시며

지식과 상식 도덕과 경험 앞세워 주의 말씀 흘리지 말고

하나님 나라는 말의 앞섬에 있는 게 아니라 순종에 있
음을 명심코

주님이 말 실수하기를 노리는 그 시대 바리새인처럼
살지 않으며

모든 생물이 태양을 바라듯 주님의 십자가 사랑 가슴
깊이 새기고

빛과 어둠을 분별해 볼 줄 아는 지혜 있고 겸손한 자
로 성장케 하시어

혹여 뜻대로 되지 않는 일에 좌절치 말고 그럴수록 기
도의 끈 놓지 않고

그의 모든 언행이 바로 주의 말씀 증거되는 복된 일생
이 되게 하옵소서

가슴 설레는 아기와의 만남을 위해 아내와 딸과 함께
L.A로 향할 때

내주해 계신 성령님 저희와 같이 동행하시어 인도해
주실 것을 믿으며

사랑의 완전체이신 하나님의 독생자 부활하신 우리
들의 주

예수 그리스도 이름으로 감사하며 기도드리옵나이다
아멘!

하나님 감사합니다

사십여 년 전 남매 낳아 기른

이민 짐 내린 아파트를 지나다

울컥,

떠오르는 젖은 기억 한 움큼

여보, 아이들아, 고마워요!

손녀를 맞이하며

지난해 11월 중순
기다리던 예쁜 꽃 한 송이 둘째로 피어났다

3주쯤 지나 L.A로 날아가 눈을 맞추니
딱, 사진 속 제 고모 닮았다

내 손녀야!
참으로 쉽지 않은 세상살이
주께서 주신 복음의 인격 품고 영육 간에 강건히
어둠 밝히는 빛에 인조 불빛 있음도 구별하여
주님의 말씀 좇아 한세상 지혜롭게
하나님 형상 닮은 이들께 공정하고 이로운 인물 되어
걸음 살펴 은혜받은 기쁨으로 이 세상 살아가려므나

아가야!
할아버지 할머니 손녀로 태어나 줘 정말 고맙고

이제 우리 품에 안겼으니 잊지 않고 기도하마

아프지 말고 잘 자라거라

기다리는 마음

3월이 오면

봄을 앞세우고

딸아이가

선교지에서 돌아온단다

40을 넘은 지

한참 지났건만 미혼인 딸내미

초등학교 선생님으로

15년을 봉직하고선

주님께 쓰임 받아

동남아로 떠난 지 오래전

"사귀는 남자 친구는…?"

입안에서 맴돌다

꿀꺽 삼키고 마는

기ㅡㄴ 기다림

”주님!
저희 딸 결혼시켜서
사위까지 함께 쓰시면
더 좋은 것 아닌가요?“
가슴에 품고 사는

돌아오려면
아직
두 달도 더 남았건만

어느새
잡동사니 들어차 있던
방 하나 치워 놓고

2주에 한 번씩
머리 염색하는 아내가
허리를 펴고
창밖 하늘을 바라보고 있다

가을 기행문

하나님 숨결 닿은

울긋불긋 산야가 보고 싶어

먼동이 트기 전

꾸려놓은 보따리를 챙겼습니다

이것저것 따지지 말고 이 가을

꼭, 그래보고만 싶었습니다

낯선 이들 함께

버스를 타고 국경 넘어

이튿날 아침 편도 4시간 걸리는

단풍 열차에 몸을 실었습니다

덜_커덩 덜_커덩

스물두 량 기차 바퀴 소리

아련한 옛 시간으로 스며들며

캐나다 'SAULT STE. MARIE'
협곡에 들어선 기차 머리
단풍 숲속 돌아들자
"우_와!_"
아내가 탄성을 지르고

몇 해 집에서만 있다가
처남 내외 비용 대는 충동에
작심하고 나들이 나선 우리 부부
삼백스물한 개 가파른 계단
쉬엄쉬엄 오른 전망대에서
손깍지 하고 계곡을 바라보며

단풍처럼 발갛게 발갛게 물들어 간

하나님이 주신 자연 선물에 감사하는
은혜의 2박3일 여행이었습니다

어머니날

주일 예배 마치고 처남 집에 들렀더니

조카들만 있기에 할머니 오시면 드리라고

장모님 연세에 어울릴 검정색 구두 한 켤레와

사탕 봉지 놓고 집으로 가는 길에

문병 온 이 누군지 모르시다

몇 년 전 하나님 품 찾아 떠나신

내 어머니 누워 계신 곳에도 들러

작은 색색의 꽃다발 하나 쇠 화병에 꽂아 놓았다

그리곤 거기서 그동안 만남이 뜸했던

동생을 반갑게 만나 우린 서로

생전에 잘 모셨어야 하는데

혼잣소리들 중얼거리며 발만 비비적거리다

_또 올게 엄마_ 하고는 돌아들 섰다

오월 맑은 하늘에

조금 전 구름 몇 폭 떠 있는 걸 보았었는데

고개 숙여 걷는 형제 앞에

어느새 구름 한 자락 내려와

자꾸만 발끝에 채이고 있었다

선물

두 돌이 되어가는 손자가 제 엄마 아빠가 사 주었을

여러 가지 장난감 가지고 노는 것을 영상으로 보면서

아들과 이런저런 얘기를 나누다가

"나도 너한테 장난감 여러 개 사 주었지……."

내가 무심코 중얼거리자

"이얍!(그래요) 아빠가 난테(나한테) 많이 샀지(사주었

지)

나 아빠 된까(되고 나니) 알아.(알겠어요) 땡스!(고마워

요)

이제 자신도 아빠가 된 아들아이 마지막 말에 물기가

서렸다

<예수께서 세례를 받으시고 곧 물에서 올라오실새

하늘이 열리고 하나님의 성령이 비들기 같이 내려 자

기 위에

임하심을 보시더니 하늘로부터 소리가 있어 말씀하

시되

　이는 내 사랑하는 아들이요 내 기뻐하는 자라 하시니
라>(마 3:16)

　죄에 갇혀 사는 우리를 영원한 천국 삶으로 인도하시
고자
　몸소 사람으로 오시어서 그 고귀한 자비심 아낌없이
주시며
　예수님을 그리스도로 영접한 자 그 죄를 없애 주시고
　하늘나라 백성된 신분으로 살게 해 주신다는 어버이
사랑과 은혜

　<나는 빛으로 세상에 왔나니 무릇 나를 믿는 자로
어둠에 거하지 않게 하려 함이로라>(요 12:46)
　주님의 사랑을 어찌 육신 애비 사랑과 비교할 수 있으
리요

모든 것

하나님 아버지께서 우릴 사랑하심에 감사가 넘칩니다

아버지날에

어버지날에 모처럼 집에 들러

이런저런 이야기 나누던 딸아이가

자기 어렸을 때 아빠가 무서웠었다는 말을 하며

눈가에 이슬이 맺히는 것을 보고

뜻밖의 아이 말에 머릿속이 하얘지며

맷돌 한 쌍 가슴에 들앉았다

아무리 기억을 더듬어 봐도

어느 땐가 말로 야단친 적 있었겠지만

아이가 무섭다 생각들 만큼

체벌을 가한 적이 없었는데 이 무슨 해괴한 말일까

"아빠는 왜 날 미워할까 생각했어…"

이건 또 무슨 소리인가?

딸 하나 아들 하나

얼마나 귀하고 예쁘게 애지중지 키웠는데

말 걸기 무섭고 힘들 게 찬바람이 불었다니

교회에서 예배 볼 때 간혹, 목사님이
'옆의 사람과 사랑합니다' 인사하라 하면
쭈뼛, 쑥스러워 시선 두기 어색하고
내 아내 '여보' 소리 못 하고 지금도 이름 부르는데

이걸 어쩌나, 눈에 넣어도 아프잖을 내 딸아이
어린 시절 아빠가 무서워 그리 슬프게 보냈다니

(딸아! 깊은 생각 없었던 이 애비를 용서해 다오
내가 자랄 때 과묵한 것이 좋은 내 주변 환경이
하나도 이상하지 않았었는데 네겐 그랬었구나
미안하다 그런데도 잘 견디고 참 잘 커 주었구나
너 알다시피 예수님 만나 변해 있는 우리 가정에
너는 주님이 주신 엄마 아빠의 귀한 보물이었단다
이미 늦은 내 마음 밝히지만 정말 믿어다오

이 아빠 속은 언제나 따듯하고 솜사탕 같았는데…)

다가가 안아주며 볼에 뽀뽀를 하자

지금도 떠올리면 가슴 먹먹해지는

마흔 넘은 딸아이가 주르륵_ 흘리던 눈물

복음 없는 영혼으로 육신의 이끌림 따라 살아온 나

되돌릴 수 없는 시간이라는 게 얼마나 야속한지

아버지날 있음이 왜 이리 낯 뜨거워지는 것일까

이혼

자유분방과 품위 유지가

날 선 칼 되어 부딪치더니

기어이 둘 다 상처를 입고 말았다

별이 일찍 찾아드는 겨울철엔

불 꺼진 창 대하기 싫어

아예 거실에 등불 하나 켜놓은 채 출근하고

잠들지 못하는 어둠 속

생선에 칼집 내듯 저미어 오는 외로움

내 남동생 왜 아니 없었을까

생각하면 원수여서 갈라선 게 아니었기에

차마 버리지 못하고 책장 모서리에 세워둔

아이들과 함께 웃고 있는 부부의 사진

갇힌 빛의 마음이 그 어둠 쫓지 못해

기껏 살아야 팔구십인 걸 왜 그리 서둘렀는지

어차피 한 번은 헤어져야 할 우리네 삶인 것을

5부

간증 2

새해를 맞이하며

하나님!

지나는 해 서편 하늘로 자취를 감추어 가는 이 시각

저지르고도 발각되지 않고 숨어 있는 죄 있다면

이 시간 하나도 남김없이 발가벗겨져

나로 대성통곡하며 자복하게 하옵시고

새해엔 영과 육의 생각을 뚜렷이 분별케 하시어

무엇이 복음이고 무엇이 흑암인지 깨달아

어둠의 역사에 굴복하고 심판 받는 자 되어

문밖에서 서성이는 영혼 되지 않게 하옵소서

하나님!

지나는 해 잠겨있던 분노와 자책의 자물쇠를 풀어

내 속의 나 변명치 말고 육신의 충동질 모두 버리고

아버지 자녀 되고 주님의 제자 되는 쓰임을 찾아

내 구주 예수를 더욱 사랑 찬송 떠나지 않게 하옵시고

젖먹이 믿음으로 안주하지 않으며 장성한 자처럼

주님의 계획 속에 내 믿음 힘 있고 능동적인 자 되어

주의 십자가 부끄럽잖은 나의 소망 복음 안에서

주 뜻 따라 사는 내 모든 가족 되게 은혜 내려주옵소서

우리 주 예수 그리스도 이름으로 기도드리옵나이다

아멘!

주님 의지 하오니

사는 게 왜 이리 갈수록 어렵고 복잡해지기만 하는 걸
까요
내 고향 떠나와 살며 이 나라 말하기 어려울 때에도
어렵잖게 전화도 놓고 전기 가스도 설치하였는데
과학기기 발달하여 온 세계 소식을 안방에 앉아
실시간으로 들여다보는 이 시대에 살면서도
필요에 의해 무엇인가 의뢰하면 오랜 시간 기다리게
되고
예전 고국에 소포 보내도 내용물 확인에 무게만 재었
는데
요즘엔 우편물 부칠 때 왜 그리 써내고 읽어야 할 게
많은지
복잡하고 어려움 갈수록 더 힘들고 조여드는 것만 같아
옛 시대 바라보던 애잔한 시선 앞세대로 향하게 합니다

총이 없으면 대량 살상 일어나지 않을 것을
총이 있어 총 쏜 자를 제압할 수 있다는 가늠 못 할 이

시대

주님!

하나님을 경외하며 순종으로 말씀 따라 살려는 자녀들

닫힌 인류의 앞날이 아니 되기를 간절히 소원하옵나이다

순종

창밖 달빛 밝아

쉬이 잠들지 못하는 이 밤

허기졌던 60년대 어느 날

버스표 살 돈 아끼려고

남대문에서 노량진 집까지

걸어가곤 했던 한 시절 기억이

한 송이 튤립

언 땅을 비집고 올라오듯 한다

그 시절 나는 밤하늘 별

하나둘 따 호주머니에 넣고서

가망 없는 현실이건만

윤슬의 앞날을 꿈꾸며

현재의 고단함을 잊었고

그때 하염없이 지녀오던

잃지 않고 품은 별 하나 있어

나 여기 이렇게 둥지를 틀었다

내 의지가 아니라

당시엔 참으로 불가능했던

기약 없이 까마득했던 소원이

내가 무엇을 할 수 있으랴

뵐 수 없어도 항상 곁에 머무신

분명 찾아들 자녀를 위한

은혜 안에 이루어진 것

십자가 보혈에 감사함이 넘친다

마지막 모습

몇 해 전

안면 있는 구세군 사관님 장인어른께서 미수를 누리
시고

천국 찾아가신 환송 예배에 부부 동반 문상 다녀왔습
니다

아들 둘에 딸 셋을 두셨는데 10년 전 상처하시고

장녀이신 사관님 사모님이 사시는 시카고에서

그만의 사연들 내려놓으시고 본향으로 찾아 드셨습
니다

아들 둘 모두 미국 각처에서 목회를 하시고 계신다니

육신의 눈으로는 부와 권세를 쌓는 것이 성공한 삶이
겠으나

믿음의 시선으로 보니 참으로 복된 가정 이루셨다는
것에

생전에 찾아 뵙고 연을 맺었었다면 하는 아쉬움이 남

는데

아니나 다를까 세상일 다 잊고 누워 계시는 모습을 뵈니

세상에 어찌 저리 편하실 수가_기쁜 꿈 꾸고 계신 듯해

그 모습에서도 생전의 복음 품은 인품이 보이셔

그래선 안 되겠지만 절로 제 얼굴에 미소가 돋는 것을

어쩌지 못하였습니다

분명 천국 찾아가셨으니 기쁜 일이겠지만 육신의 이

별에

설교하시는 사관님이나 두 분 아드님 목소리들 젖었고

문상객 맞으며 그나마 엷은 미소 띠고 계시는 사모님

표정 속

가득 고인 이 세상 이별의 슬픔을 봅니다

나도 저 어른처럼 닮아야지 나도 저리 닮아 가야지

나도 저리 닮은 평온한 마지막 모습 되어

주님 만나 뵙는 기쁨 안고 언젠가 본향으로 찾아들어

가야지

　은혜 받아 주 영접해 사는 현재의 내가 새삼 자랑스러
웠고
　슬픔과 기쁨과 소망이 가득찬 그날의 소회였습니다

권면

_보기 싫은 사람 있어

우리 부부 집에서 예배드릴 거예요_라는

내 이웃에게 드린

_어느 땐가 나도 그랬었던 적 있었어요

그런데 그 사람은 교회 잘 다니고 있는데

나는 왜 교회를 나와 복음을 놓치고 사나

자괴감이 들더라고요

그래서 생각을 바꿨죠

그를 위해 기도하자고요

어느 날 보니 그와 가깝게 대화하고 있는

나를 발견하고 아! 이거구나 했죠

그리고 몇 번씩 성경 말씀 읽었어도

어느 날 교회에서 말씀 듣던 중에

아니, 그런 말씀 있었던가?

전율이 일어났던 경험 있어

내 마음 돌려세운 이야긴데요

아! 교회는

그렇게 나를 찾는 하나님 말씀이

운행하고 계시는 곳이구나 깨닫게 되고

공동체 안에서

내 육신의 생각 다 내려놓고서

마음 문 열어 말씀을 받아들이고

성도 서로 간에 화목하게 친교하며

교회를 떠나지 말고 내 믿음 돌아보며

나보다도 남을 위한 중보기도로

더 은혜로운 복음 됨을 배우는

더 다가가야 되는 경건한 곳_이라는

내 경험을 간증해 드렸는데요

아직 교회 그 자체를 멀리하는 그 댁

글쎄요

이제 와 생각하니 평신도로서

무얼 좀 아는 척

교만하게 비치는 않았는지

마음이 좀 무거워지네요

그러길래 우리 주님

이 세상 오신 것 아니겠어요

내 몫

온종일 구름이 도시를 덮고 있던 날

살아온 내 발자취 더듬어 보다

왜 나만 언제나 이해해야 했었고

왜 나만 참아야 했다 생각들었는지

사라지지 않는 옛 그림자를 만난다

애초에 무슨 대가를 바라고

이웃에 마음 써 준 것은 아니었지만

진작 내게 어려움이 왔을 때엔

그 누구 하나 내 곁에 있어

변호 한마디 해 주지 않았는지

가뭄에 애닮던 옛 일들이 생각난다

그러나 오늘은

예수님을

그리스도로 영접하고 성경 말씀 들으며

어둠을 밝히는 기쁨의 빛을 만난다

그랬구나

그 일들은 주께서 주신

투정도 거역도 해서는 안 되는

바로 내 몫

나 아니면 아니 될 일을 맡아

내가 귀히 쓰임 받고 있었던 것을

늦게나마 깊으신 은혜로 받든다

하나님!

이 시간 소원하옵나니

악한 배역은 나로 쓰지 마시옵시고

주님의 참 제자 같은

믿음의 일꾼으로만 거듭나게 하옵소서

늦기 전에

우상의 탑이었기에

하늘에 닿게 쌓으려던 것이

죄가 된 줄 알았는데

제 스스로 가시밭에 엎어져

부르짖던 불평 불만도

죄가 되는 것을

나는 너무도 몰랐었다

주님의 계획 속

이미 내 것으로 받은 분깃

찾으려 하지 않은 미련함에

어두운 문밖에서

섧게 울 영혼인 줄 모르는

예수는 그리스도시요

복음이 바로

주님인 줄 알고서

하늘에 닿아야 할 것은

주를 믿는 믿음 안

죄 사함 받는 회개뿐

구원의 확신 있는 자만이

옥토에 뿌려진 씨앗인 것을

하나님이

기쁨으로 추수하실 나

어디에 뿌려진 것일까

노을이 서산을 넘기 전

복음 모르는 이웃 향해

길 떠날 채비 서둘러야겠다

교회

하나님

언약 붙든 자녀들

주님과 한마음 되고자

한송이 꽃

반석에 피어났습니다

모여든 모든 성도

먼 길로부터

잔치에 초대 받은 신분 되어(마 22:1-14)

주인의 뜻에 따라

내주신 귀한 옷

거역치 않고 갈아 입을

축복의 시간에 이르렀습니다

주께서 주신 율례와 계명 따라

지난 상처 다 버리고

굳건한 믿음 순종으로

주님께 물어보고
응답 받는 믿음 되어
가슴에 품은 것 헤쳐보면
솜털 같이 포근한 복음뿐인
화목한 터전으로
모두들 살아가게 되었습니다

세상 살다
미운 물정 만나더라도
나를 버리고
주님의 마음 닮아
정죄치 않는 은혜로
하나님만 바라보며

방황하는 불신자들
기쁨으로 주님 영접하는
증거의 열매가

새벽 풀숲에 이슬 맺히듯

감사의 찬양을

아버지께 올려 드리며

영원 생명의 근원으로

뿌리 내리는 곳으로

예루살렘과 땅끝까지

이르는 도정에

한 지역씩 복음화되는

필연적인 역사가 일어날

발돋움 성전 되게 하옵소서

어둠을 달빛과 별빛이 밝히듯

교회라 이름하는 꽃

세상 향해

향기를 피워 내려 합니다

롬 13:8

수고하지 않으면 빚지고 살 수밖에 없는 삶
주 사랑 빚 외는 다른 빚 지지 않길 명심하고
주신 재능 살리어서 세상살이 열심 다 하여
내 그릇 모자라지도 넘치지도 않게 하소서

나는 하나님께 사랑의 빚 지고 살아가면서
거저 받은 사랑 안에 무슨 미움 품고 살으리
나 받은 상처 결코 잊지 않고 갚겠다 생각 말고
홀로 살 수 없는 인생길 베풀며 살게 하소서

셀 수 없이 많은 사람 지나고 또 오는 이 땅에
한세상 함께 사는 참 귀한 인연의 이웃들을
한번 온 세상 질시와 탐욕의 굴레를 벗어나
그들도 내 몸 아끼듯 살펴 살아가게 하소서

아버지

주님 실제 뵈온 적 없어도
성경에 기록된 말씀 따라
영혼 깊이 받아들였기에
주님이 찾아 계시는 아버지를
나도 아버지라 부르네

어느 부모 제 자식 사랑치 않으랴
무지한 죄를 지은 자녀라 한들
제 죄인 양 용서를 구하고 감싸안듯
내가 육신의 이끌림 따라 헤매었어도
나 지으신 내 아버지 보는 마음 일자
드디어 성경 길을 보게 하시고
목청 높여 아버지를 찾게 하셨네

문 잠그지 아니하고 언제까지고
불 밝혀 나를 기다리고 계신다는
나의 주 주시는 말씀 깨달았기에

확신의 기쁨으로 그리워하며

나 이 세상 살아오다 넘어졌었다 한들

아버지와 그리스도 성령님 계심에

나 이제 내 갈 길 두려워 않네

아버지!

찬양 대원이 되어서

음표나 부호도 볼 줄 모르면서

찬양 대원이 된 지 벌써 2년여

등골엔 땀줄기 여전하고

어느 날 묵상 중에 천상의 대화는

하나님 찬양하는 찬송가처럼

소통에 가락이 있지 않을까 생각 드는 것이

그러기에

예수님 다시 오실 적

천사들이 나팔 불고 오신다 하셨는데

모르긴 몰라도 천사들 중에는

옹알이하는 아기 천사와

음치 천사도 계시겠지 싶지만

나는 오늘도 용기를 내어서

숨이 차오르고 목젖이 알알하도록
높은음자리를 오르내려 본다

우리 하나님 내가 잘 부르든 못 부르든
하늘의 언어를 습득하겠다는 내 열정
웃으시며 받아 주시리라 믿고 있기에

6월의 콘서트

세상 사노라니

상처 난 마음 지니고 사는 이들

동네 교회 음악회에

좀더 많이 찾아와 주었으면

기대하는 마음 보듬고

주님 마음 싣고서

온 세계와

내 조국 평화 위한

찬양을 들을 때

연주자의 화평한 얼굴

해금 선율이

콘서트장을 돌아

밤하늘로 날고

내 곁의 아내

손뼉치는 장단에 맞춰

초여름은

그렇게 은혜로

익어가고 있었습니다

부활절을 맞으며

목수 일 하시느라

손아귀에 굳은살 박이셨고

풍족지 않은 살림에

무슨 진수성찬 있었겠나

지친 육신 지니셨을

우리 주 예수 그리스도

아무런 죄 없으심에도

내 죄 사하시려

이미 가시 채찍에 맞아 찢긴 육신

다시 십자형 나무틀에 매달려

죽음 뒤 사흘 만에 부활하셨으니

각종 정보가 폭력 되어

범람하는 이 시대에

복음으로 가다듬고

말씀 따라 사는 내가 되어

주님 모르는 이들

나를 보면

주님 믿고 싶다 마음 들도록

참되고 성실히

육신의 이익 생각잖는

주님 주시는 은혜의 뜻을 좇아

하나님 자녀된 신분으로

은혜 품고 살자 하며

부활 주일 기쁨으로 맞이합니다

다짐

_교회에서 말씀도 듣고 믿음 생활하면
우리 삶이 얼마나 은혜스러워지는데요_하니까
착하게 살면 되지 꼭 교회엘 가야 하나요?
내 이웃이 내게 한 말이다

걸인을 보고 측은한 마음에 얼마 적선하는
베품 같은 것을 말하는 것이겠지만
예수님이 하나님의 아들이심을 믿고
우리의 죄 사함을 위하여 스스로 속죄양 제물 되신
부활하신 내 주께서 나를 사용하신다는
그 감사에 기인한 선행이어야 하는 것을
내 이웃이 안다면 얼마나 좋을까
그것이 복음인 것을

전도의 끝을 확인하려 하지 말자
그저, 내가 나의 구주로 믿는 예수님이
내게 어떻게 역사 하시어

그 은혜 왜 나누려 하는지 그것만 간증하고
일의 되어감은 주님께 맡기자

주를 구주로 믿음에 확신이 없으면
구원에 이를 수 없음을 우리 모두 깨우치기를
갈수록 주님 오심이 절절이 기다려지는 세상사에
오늘도 우리들 모두 기쁘게 살아가자 염원한다

주일엔 교회에 갑니다

아침에 드리는 기도를

삶의 우선 순위로 두고

그리스도 모르는

이방인 되지 않기 위하여

경건한 마음으로

말씀 속 주신 뜻을 새겨 들으며

비가 내려도 싹 틔우지 못하는

초목처럼 되지 말고

보이는 것만 믿는

닫힌 마음 활짝 열고서

말씀으로 영육 간에 힘을 얻어

세상 살아가려 교회를 갑니다

교회는 병든 영혼 고쳐주는

병원임을 자각하고

말씀이 운행하고 계시는

나의 예배 처소이기에

내주해 계시는 성령님 인도 받아

순종하는 믿음 되어

주일이면 일상으로

복음을 즐기는 성도님들과

함께 말씀 들으며

육신의 얘기에 귀 기울이지 않고

사도행전 나만의 29장

간증을 하기 위해

말씀 받으러 교회를 갑니다

공감시인선 64

아침에 만난 별
ⓒ 이여근, 2024

지은이_ 이여근

발 행 인_ 이도훈
편 집 장_ 유수진
교   정_ 김미애
펴 낸 곳_ 도서출판 도훈
초판발행_ 2024년 6월 7일

사무실_ 서울시 서초구 법원로3길 19, 2층 W109호
          (서초동, 양지원빌딩)
전   화_ 02) 595-4621, 010-6722-4621
팩   스_ 0504-227-4621
이메일_ flyhun9@naver.com
홈페이지_ www.dohun.kr

ISBN_ 979-11-92346-76-2 03810
정가_ 12,000원